KSIĄŻKA

SZCZĘKA ALFREDA

JONA I TUCKERA NICHOLSÓW

DLA RUBY I ADY

ZAGINĘŁA SZCZĘKA

POWIADOM ALFREDA

WYDAWNICTWO DWIE SIOSTRY
WARSZAWA 2016

Pewnego pięknego jesiennego dnia Alfred Bębenek obudził się
i odkrył, że zgubił swoją sztuczną szczękę.

Powiesił na najbliższej poczcie ogłoszenie
„ZAGINĘŁA SZCZĘKA", ale stwierdził, że nikt go nie zauważy.

Zaczął więc przeszukiwać wszystkie swoje rzeczy.

zatyczki do uszu

pobudka, Alfredzie

piłeczka golfowa — MINIGOLF

spray — BRUTAL

woda

pędzel do golenia

kieliszek do jajek

ciężarek

stara zatyczka do ucha

miseczka na płatki śniadaniowe

miseczka na drobne

bambosz (lewy)

zegarek

bambosz (prawy)

karczoch

kula do kręgli

BALO-
NOWA

guma

WYPOŻYCZALNI

groszki

trąbka

walizka

konik polny

taśma, klejąca

pałeczka (lewa)

ziółko

dziubek

rączka

z zupki chińskiej

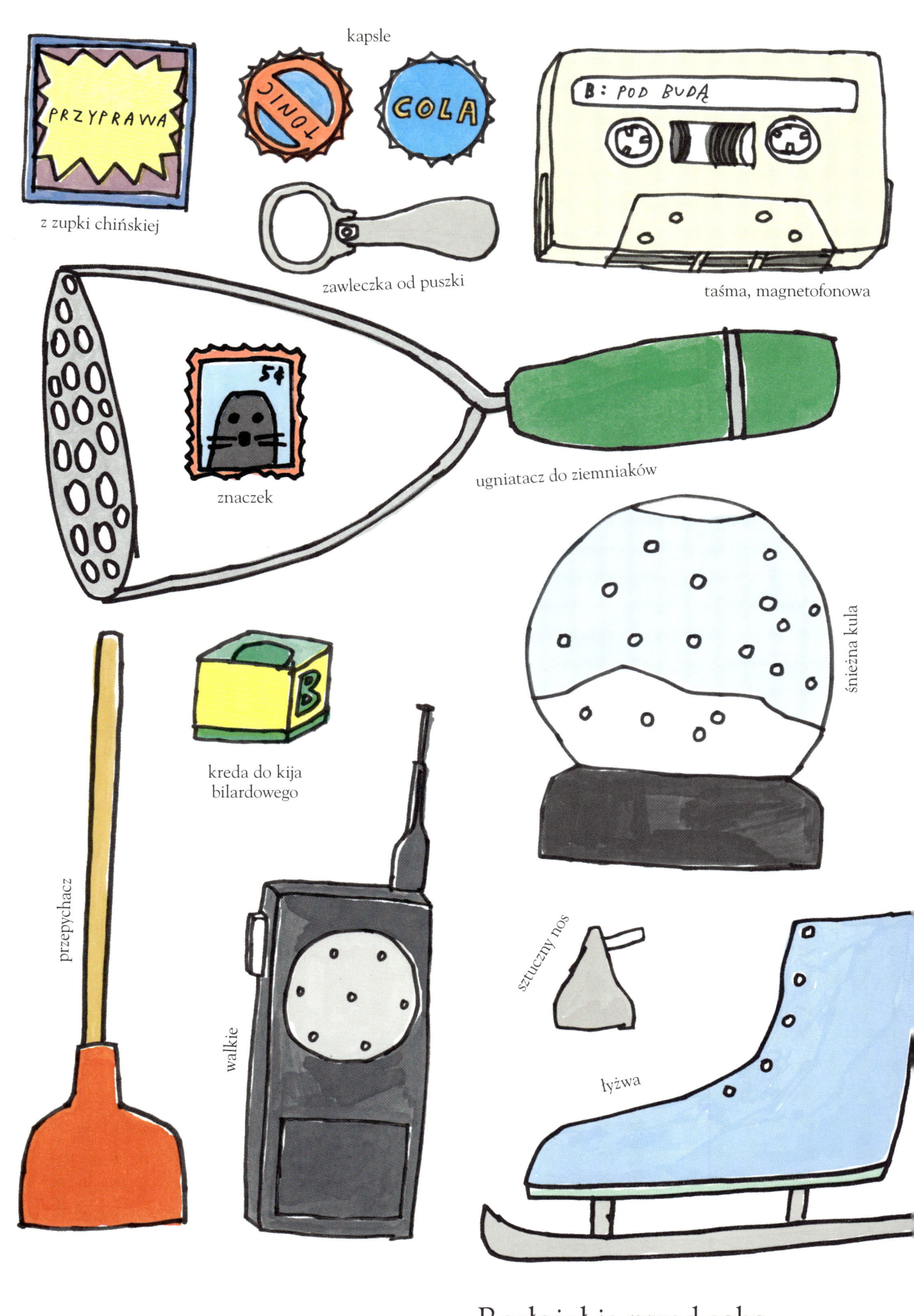

kapsle

zawleczka od puszki

taśma, magnetofonowa

znaczek

ugniatacz do ziemniaków

śnieżna kula

kreda do kija bilardowego

przepychacz

walkie

sztuczny nos

łyżwa

Rozłożył je przed sobą,
by dokładniej im się przyjrzeć.
Ale od patrzenia na ten bałagan
aż zakręciło mu się w głowie.
Potrzebował rady.

szczypce homara

bateria dziewięciowoltowa

do tropienia pająków

tenisówka

tarantula

zapasowy klucz

zatyczka do ucha (lewa)

łyżka

jeżyna

malina

pół kartonu mleka

klepsydra

puchar

puszka farby

trofeum Wandy

packa na muchy

patyczek do uszu

konserwa rybna

pamiątka z San Antonio

pionek

gaśnica

muffinka jagodowa

do czyszczenia rynien

antyk

kanister

kłódka

croissant

lego

skorupka od jajka

niedojrzały

odznaka

zatyczka do ucha (prawa)

Alfred miał wiele rzeczy.

PASTA DO BUTÓW
BRĄZOWA   BRĄZOWA

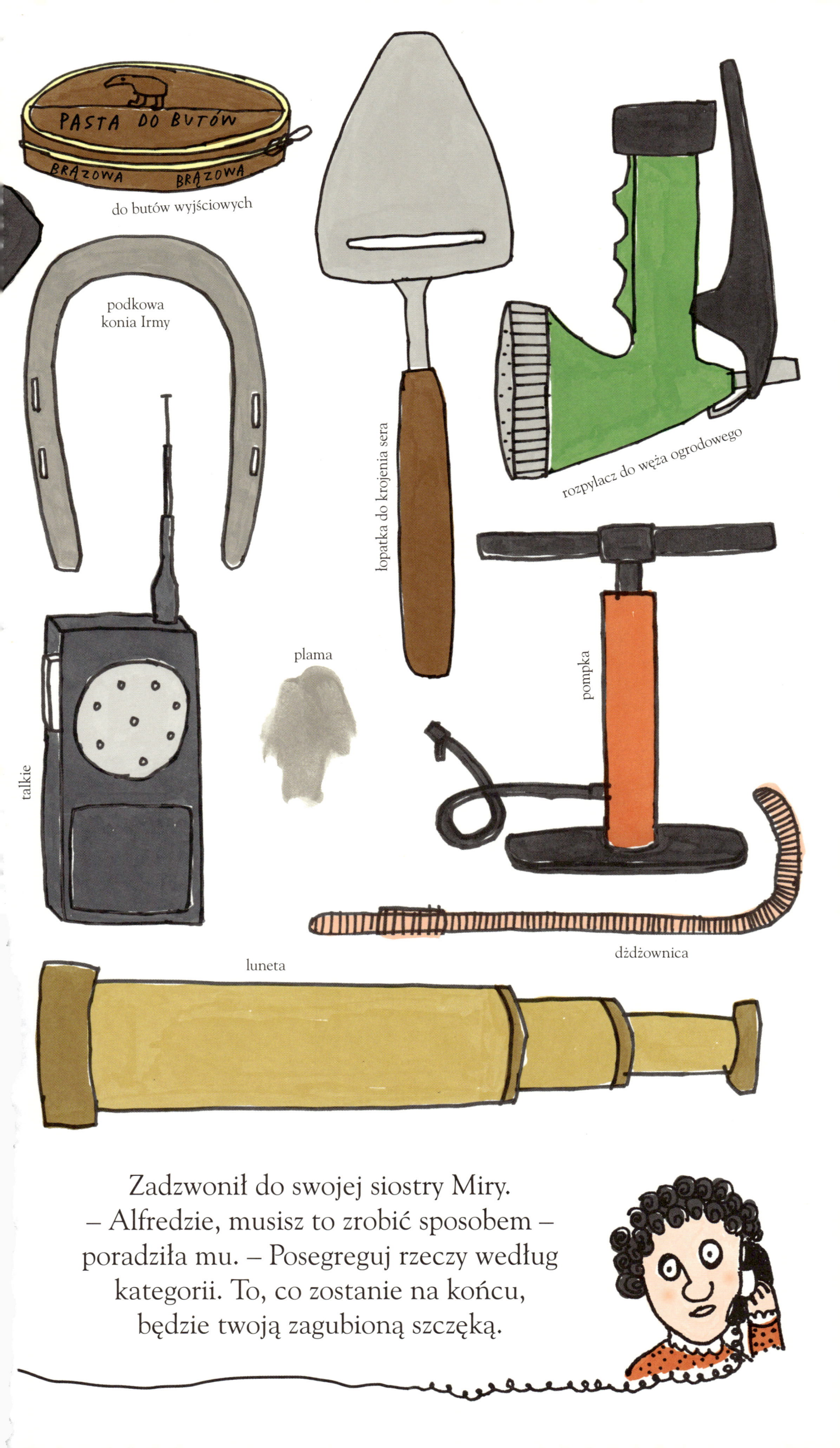

do butów wyjściowych

podkowa konia Irmy

łopatka do krojenia sera

rozpylacz do węża ogrodowego

talkie

plama

pompka

dżdżownica

luneta

Zadzwonił do swojej siostry Miry.
– Alfredzie, musisz to zrobić sposobem – poradziła mu. – Posegreguj rzeczy według kategorii. To, co zostanie na końcu, będzie twoją zagubioną szczęką.

pałeczka (prawa)

grzebyk do wąsów

...OKINGÓW "SZYK"

wieszak

fasola

FASOLA JAŚ

breloczek

HERBATA "LORD"

rzeźba

agrafka

konik morski

POMADKA OCHRONNA

do ust

przegrzebek

but

kalosz

na piątek · na sobotę · też na sobotę · nausz

NAKRYCIA GŁOWY

wiedźmy · czarodzieja · krzykliwe · na drogę

na motorower · do spawania · z Teksasu

Alfred podzielił więc wszystko na kategorie.
Zaczął od nakryć głowy: jeśli coś było kapeluszem lub czapką,
położył to obok innych kapeluszy i czapek.

zapasowe pompony

do golfa

na zimę

na plażę

w tej robię tylko jajecznicę

od kuzyna z Tyrolu

na jasełka

Antegibbaeum fissoides

z Bawarii

królicze uszy

PIZZA JAK U MAMMY

na wynos

na basen

bejsbołówka

pionek z Monopoly

do opery

sztuczna broda

kask

PRAWDZIWE KACZKI

Bim

Bam

Bom

Potem umieścił wszystkie swoje kaczki i wabiki przy innych kaczkach i wabikach. Na razie nie trafił na sztuczną szczękę, ale przynajmniej kaczki i wabiki zostały uporządkowane!

WABIKI

ruchoma jednostka wabiąca

dzioby

głowa z gwintem

dwunożny

żółta głowa

fioletowa głowa

opływowy

zapasowe oczy

zamaskowana głowa

pływający

większość moich ciotek

w Dniu Głupich Czapek

babcia (zbliżenie)

wicehrabia

Mira

Wanda

dawno i nieprawda

dzwonek do drzwi

bulaj

Następnie zebrał wszystkie rodzinne portrety.

PORTRETY

Abraham Lincoln na spacerze z książkami

nad morzem

Irma

z automatu

ziółko

w chwili dumy

na balu przebierańców

z Bom

magister

WIĘKSZOŚĆ MOICH MRÓWEK

jeszcze trochę groszków

parking

parking

parking

Swoje mrówki umieścił w formikarium.

stare narzędzia

INSTRUKCJA
OBSŁUGI

ale czego?

klucz do domu Wandy

patyk Skutera

z ciasta Irmy

pędzel

bułka do hot doga

plątanina

gwoździe

zszywki

butelka do wyciskania

Zebrał swoje narzędzia i przyrządy.

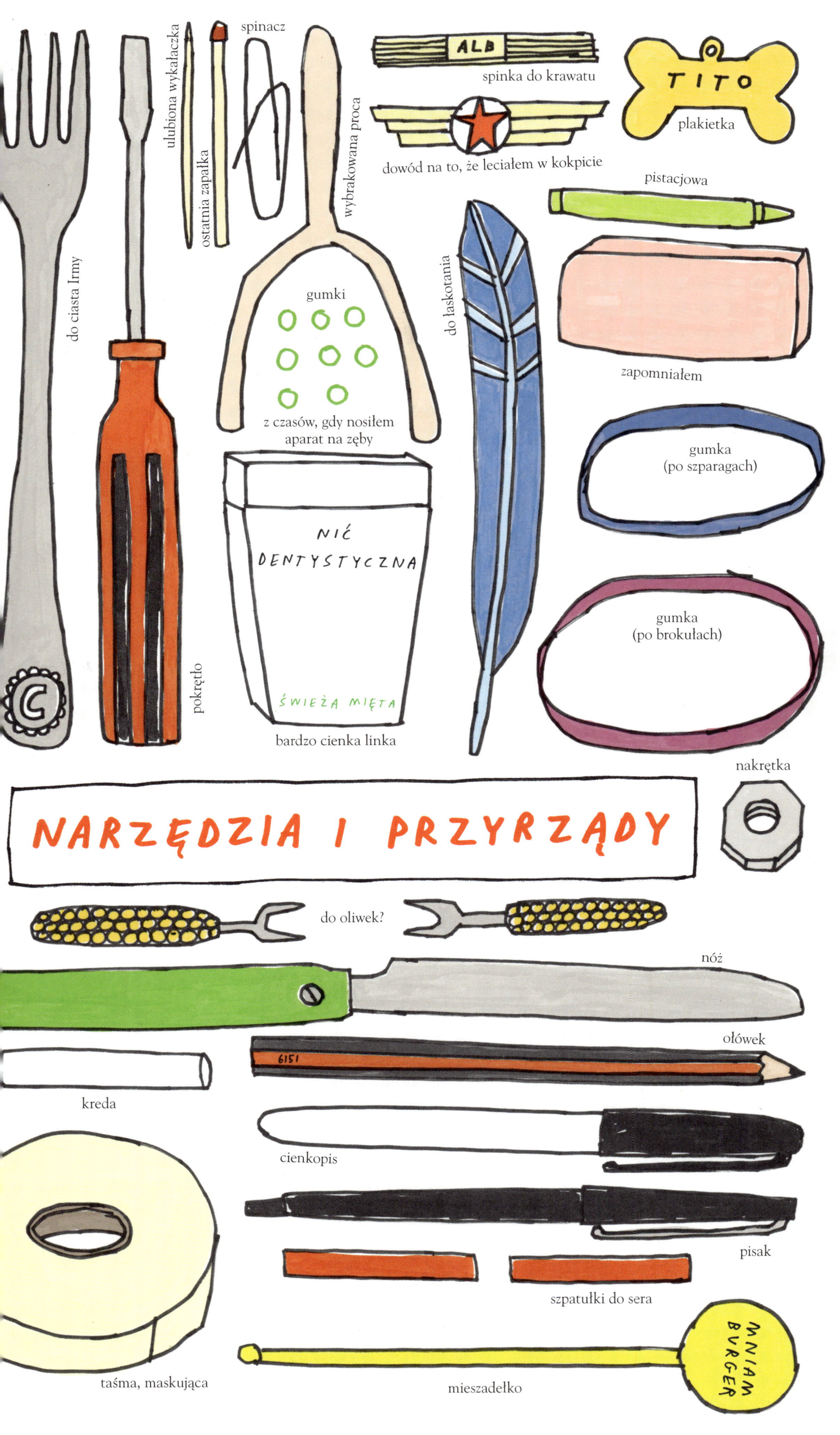

do ciasta Irmy • ulubiona wykałaczka • ostatnia zapałka • spinacz • wybrakowana proca • spinka do krawatu • dowód na to, że leciałem w kokpicie • plakietka TITO • pistacjowa • zapomniałem • gumki z czasów, gdy nosiłem aparat na zęby • do łaskotania • gumka (po szparagach) • gumka (po brokułach) • pokrętło • nić dentystyczna • bardzo cienka linka • świeża mięta • nakrętka

NARZĘDZIA I PRZYRZĄDY

do oliwek? • nóż • ołówek • kreda • cienkopis • pisak • szpatułki do sera • taśma, maskująca • mieszadełko • MNIAM BURGER

flaczki z kaczki

kawa z fusów

sok z kaktusów

kluski na parze w wywarze w garze

kęs mortadeli z zeszłej niedzieli

JEDZENI

Bio Musli

baton zbożowy i ząb trzonowy

FRYTKI CIENKIE I PROSTE

oliwa z pierwszego tłoczenia i folia do pieczenia

frytki jak nitki

mrówki miodówki

lepka serwetka

Zgromadził w jednym miejscu swoje ulubione jedzenie.
Była to ciężka próba – Alfred od razu zgłodniał.

kulki czekoladowe
(spod lodówki, jak nowe)

małż z brukselkami i pstrąg z płetwami

kawał wędzonki, puszka mielonki

połówka mango w misce z owsianką

mały falafel i duży wafel

pudel Fanfaron, długi makaron

czips ziemniaczany z kapką śmietany

liść zieleninki na plastrze szynki

ser Gruyère (troszkę) z zielonym groszkiem

Zgłodnieć, gdy szuka się swojej sztucznej szczęki, to nic fajnego.

gryząca

drapiąca

skarpety zwinięte w kulki

śmierdząca

oliwkowa

sportowa, lewa

bez kciuka

skórzana, lewa

zimowa, lewa

SKARPETKI I RĘKAWICZKI

Potem ułożył razem swoje skarpetki i rękawiczki. Całe to sortowanie szło mu coraz lepiej! Tylko że teraz wszędzie coś leżało, a on ledwie mógł się ruszyć.

żółta przez Salcesona

cerowana

szara

zimowa, prawa

za małe

świetna do zmywania

rozciągliwa

niedobra do śnieżek

pasiasta

sportowa, też lewa

podkolanówka

Znów potrzebował rady!
Zadzwonił do swojej siostry Irmy.
– Alfredzie, włóż te rzeczy do pudeł –
poradziła mu – a wtedy zrobi ci się miejsce.

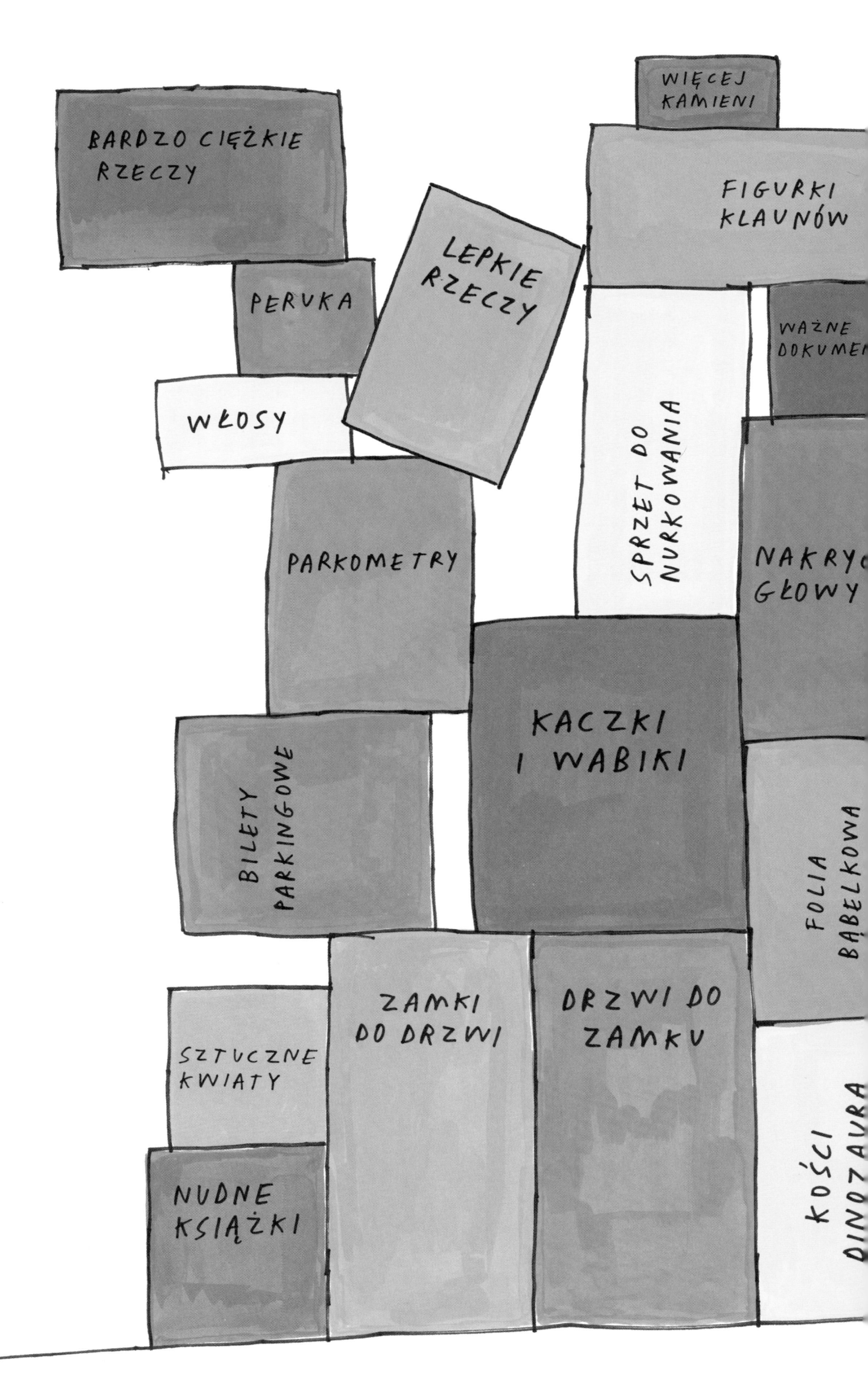

- BARDZO CIĘŻKIE RZECZY
- WIĘCEJ KAMIENI
- FIGURKI KLAUNÓW
- PERUKA
- LEPKIE RZECZY
- WAŻNE DOKUMEN[TY]
- WŁOSY
- SPRZĘT DO NURKOWANIA
- NAKRY[CIA] GŁOWY
- PARKOMETRY
- KACZKI I WABIKI
- BILETY PARKINGOWE
- FOLIA BĄBELKOWA
- SZTUCZNE KWIATY
- ZAMKI DO DRZWI
- DRZWI DO ZAMKU
- NUDNE KSIĄŻKI
- KOŚCI DINOZAURA

PORTRETY		KOTWICE	
SPRZĘT RENTGENOWSKI		GŁOWA DINOZAURA	NAGOLENNIKI

RZECZY, KTÓRE GRYZĄ (OSTROŻNIE!)

PLASTRY

BARDZO KRUCHE

PŁATKI ŚNIADANIOWE

SKARPETKI I RĘKAWICZKI

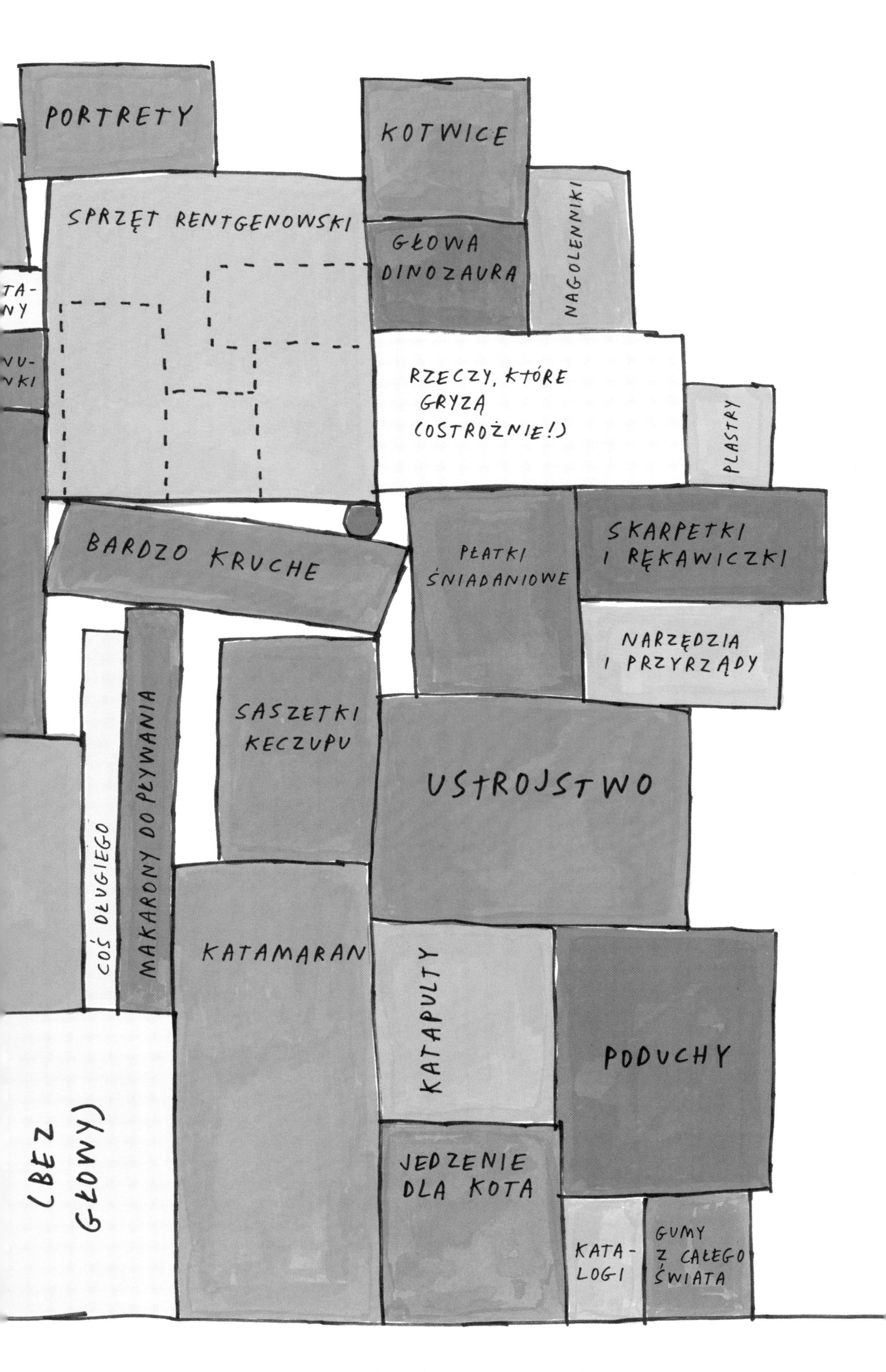

NARZĘDZIA I PRZYRZĄDY

COŚ DŁUGIEGO

MAKARONY DO PŁYWANIA

SASZETKI KECZUPU

USTROJSTWO

KATAMARAN

KATAPULTY

PODUCHY

(BEZ GŁOWY)

JEDZENIE DLA KOTA

KATA-LOGI

GUMY Z CAŁEGO ŚWIATA

Alfred zaczął więc wkładać wszystko do kartonów.
Gdy poustawiał je jeden na drugim, zyskał miejsce i mógł szukać dalej.

autobus

ślimak

SZKOŁA

UN PESO

moneta

PASTA WYBIELAJĄCA
zmienia żółte w białe

POCZTA

klucz do skrytki pocztowej Irmy

słoneczne okulary

do domu Miry?

pióro

punkt naprawy wszystkiego

WARSZTAT

motyl

sztuczny kwiat

Wszystkie żółte rzeczy włożył do jednego pudła.

gigantyczny ołówek zwykły ołówek

korona

kamień ziemniak piłeczka tenisowa

gekon

musztarda ostra

stosik cytryn

butelka do wyciskania

cieciorka

płotka

płotka

wąsiska

ŻÓŁTE

szykowny

zimowa na co dzień

Gedeon

nikogo się nie słucha

Myszka

jest słodka

Howard

Salceson

chce jeść to co jego pan

Sebastian

Kasztan

Hrabina

podaje łapę

Pyza

Emma

zawsze wygląda, jakby coś przeskrobała

MAŁE JAZGOCZĄCE PIESKI

Tito — bawi się z ptakami

Dora ma brudne piłeczki tenisowe — krzywy zgryz

Uma — goni za traktorami

Skuter — dużo śpi

kot Puder — nie powinien się tu znaleźć

Frajda — wyje na samoloty

Matołek — obgryza kamienie

Wrona — nigdy się nie poddaje

ten pies z sąsiedniego domu

Swoje małe jazgoczące pieski też wsadził do jednego pudła.

sardynki

slajdy

salami

slipki

sos chili

solniczka

sandał

SKRZYDLATE MAŁPY

SOS CHILI

spray

soczewica

sikorka

sssss...

szampon szałwiowy

silnik do kanadyjki

S

skarpetki

Do innego pudła włożył wszystkie rzeczy na S.

wieszak

WYBIERZ SIĘ

telewizor

Nie było to łatwe, więc Alfred
zrobił sobie przerwę przed telewizorem.

sześć przegrzebków

rurka

pistacje

SKORUPY I SKORUPKI

żółw Franklin

mieczogon

PRAWDZIWY WŁOSKI MAKARON

muszelki

fistaszki

pustelnik

krab

od jajka

POBRZEŻKI

słój małych ślimaczków

muszla

przypełzła

pancernik

Potem włożył do pudła wszystkie swoje skorupy i skorupki.

ZEPSUTE

mło · zszy · szczo · oku · guma · wa · no · ta · fis · lód · kule · krze · wide · ręka · zega · ksią · ro · ołó · jaj

TO SAM

W osobne pudło spakował wszystkie zepsute rzeczy.

RZECZY

sło

wek

wki

do żucia

lerz

zdrowe zęby

teczka

lec

bik

NAPRAW

życzki

bilardowe

żka

taszek

rek

wer

wiczka

ko

tek

w rożku

ciągle rośnie

pachnie lipą

za małe

(widok z góry)

z Barcelony

grzechocze przy potrząsaniu

prezent od Miry

wciąż działa jak nowe

Alfred nie miał pojęcia,
do czego służą rzeczy, które umieścił
w kolejnym pudle. Był już wykończony,
a wciąż nie znalazł swojej szczęki.

z szopy

z garażu

ze strychu

NIE WIEM, CO TO ZA RZECZY

gratis za otwarcie konta bankowego

bardzo ciężkie

to

wypadło z tego

spod łóżka

Potrzebował kolejnej rady! Zadzwonił do swojej siostry Wandy, a ona zapytała go:
– Alfredzie, a sprawdziłeś swoją **SZAFKĘ NA ZĘBY?**

- siekacz narwala
- słuchawka Bluetooth
- wygrana szczoteczka
- kupiona pasta
- bardzo stary wampirzy ząb
- zęby Drakuli
- zęby lamparta
- przypinka „zdrowy ząbek"
- koło zębate
- lizak
- o, moja szczęka!
- ptasi dziób
- sztuczny uśmiech
- cios mastodonta (lewy)
- coś na ząb
- Kieł
- ząb gekona
- dzioby wabik
- kły morsa
- zęby piły
- szczęka aligatora
- rzeźbiony ząb kaszalota
- mleczne
- zębata ryba
- kieł jaguara
- nakręcane zębiska

Szafka na zęby! Oczywiście! Alfred zajrzał do szafki, znalazł swoją szczękę i wsadził ją na miejsce. Znalazł też coś na ząb, więc to spałaszował.

ZĘBY

- ząb King Konga
- prawdziwy uśmiech
- guma rozpuszczalna
- ząb lwa
- tips
- trójkolorowy żelek
- chyba jakieś kamyczki
- królika Bugsa
- Szczęki
- Szczęki 2
- Szczęki 3
- zęby Matołka
- miętowe tik-taki
- zatyczka do ucha
- pogrzebacz
- podłubacz
- hak
- lusterko wsteczne
- minipianki
- kleszcze
- zęby jaskiniowca
- zęby geparda
- ząb pumy
- z Cro-Magnon
- zapasowa nić dentystyczna
- aparat na zęby
- zostawione w jabłku
- pieniążek od wróżki zębuszki
- skamieniałe zęby
- ząb rysia
- stracone na sankach
- cios mastodonta (prawy)
- ząb mądrości
- ochraniacz na zęby
- aparat na zęby
- ząb Tito
- ciągutki
- DENTYSTA NA MEDAL OTWARTE
- szyld
- okaz 1
- okaz 2
- okaz 3
- płyn do płukania ust
- spod poduszki
- miseczka na zęby
- PROSZEK DO ZĘBÓW
- puszka proszku
- róg jednorożca

chmura

gigantyczny wabik na kaczki

statek

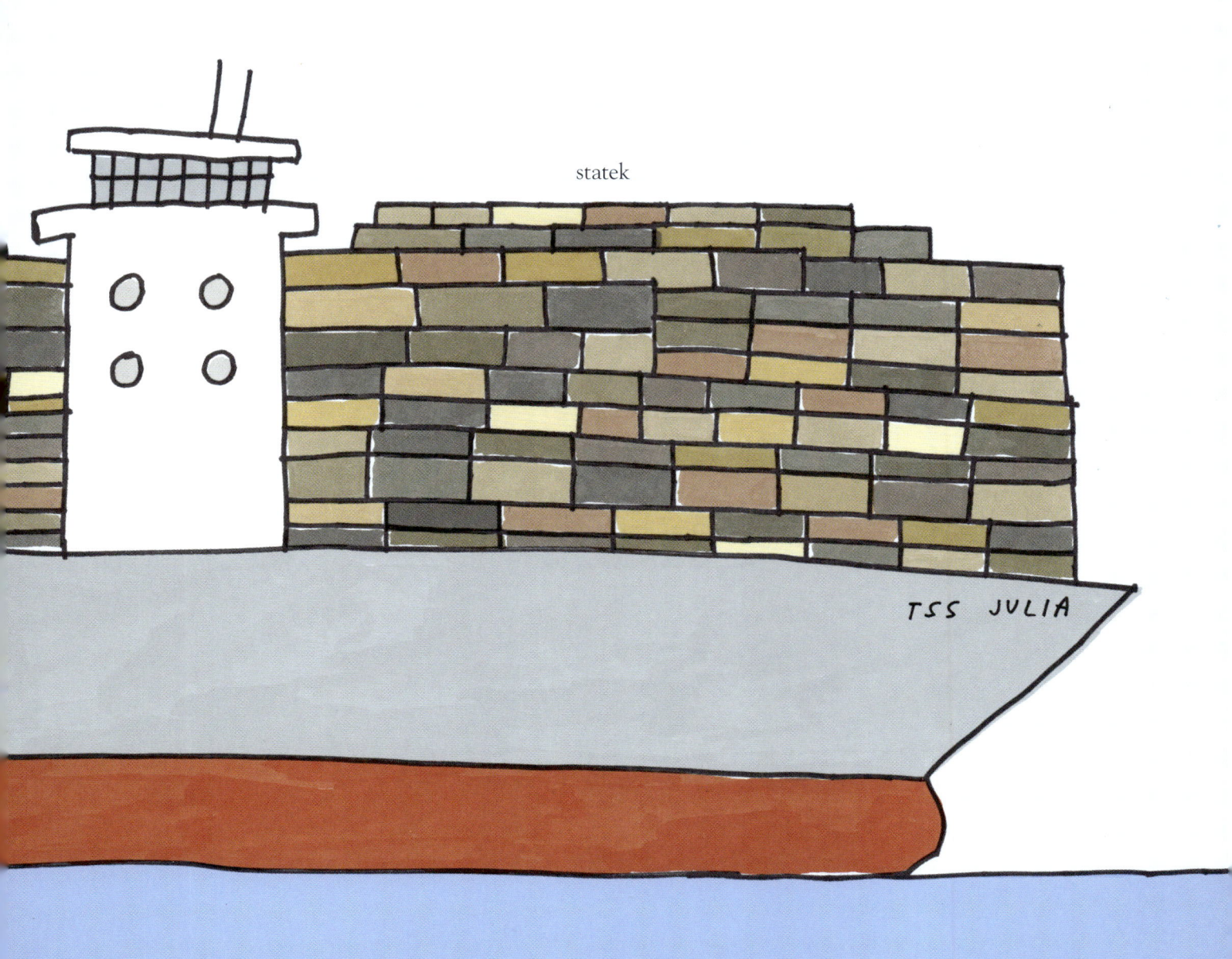

– Uff! – westchnął Alfred. – Muszę odpocząć!

I wtedy jego sztuczne zęby rozbłysły w szerokim uśmiechu. Alfred wpadł na pomysł! Wybierze się w rejs!

Zapakował wszystkie swoje pudła na kontenerowiec, wdrapał się na pokład i wyjechał na weekend.

Wziął ze sobą tylko najpotrzebniejsze rzeczy.

- ZAGINĄŁ ŚLIMAK — ZADZWOŃ DO ALFREDA
- NIE MOGĘ ZNALEŹĆ DZWONKA DO DRZWI — ALFRED
- GDZIE JEST SÓL
- ZGINĘŁY MI 4 OŁÓWKI
- KTO MI PRZYPOMNI, GDZIE TRZYMAM DROBNE? DZIĘKI — ALFRED
- ZAGINĄŁ PUDEL — ALFRED CZEKA NA TELEFON
- 23 MRÓWKI!
- GDZIE SIĘ PODZIAŁA TA RZECZ
- ~~ANANAS~~
- MLEKO PÓŁPEŁNE
- BANAN
- OLIWA Z PIERWSZEGO TŁOCZENIA
- FOLIA DO PIECZENIA
- OSTRA MUSZTARDA
- ~~ARBUZ~~
- CIECIORKA
- BARDZO POTRZEBUJĘ SWOJEGO PRZEPYCHACZA — ALFRED
- 2 BUTELKI DO WYCISKANIA
- ZATYCZKI DO USZU